Single? Nein danke!

Liebesroman

Martina Meister

© 2023
Überarbeitete Neuauflage
likeletters Verlag
Inh. Martina Meister
Legesweg 10
63762 Großostheim

Autorin: Martina Meister
Coverbild: © Bigstockphotos.com / aispl
ISBN: 9783946585251

Inhaltsverzeichnis

Verlassen

«Ach, Linda, er ist schon wieder ohne mich losgezogen. So, wie er es in letzter Zeit immer wieder tut», seufzte Margot in ihr Headset. «Dabei sind die Kinder doch wirklich kein Anlass mehr, dass einer von uns zu Hause bleiben muss.»

«Du kannst jederzeit zu mir kommen, um dich auszuheulen, Schätzchen. Ich habe Georg noch nie sonderlich gemocht, das weißt du.»

«Ja, ich weiß. Aber du bist einfach zu weit weg. SO groß sind die Mädchen nun doch wieder nicht!»

Margot war nun 18 Jahre mit Georg verheiratet, sie hatten zwei Töchter, 14 und 16 Jahre alt. Früher hatten sie viel miteinander gelacht und geredet, sogar so viel Zeit zusammen verbracht, dass Margot alle Freundschaften vernachlässigt hatte und ihr nach so langer Zeit nur noch Linda geblieben war. Linda war schon immer Margots beste Freundin, doch die exzentrische Künstlerin lebte in Spanien und die beiden Frauen hatten sich schon lange nicht mehr gesehen. Das hielt sie nicht davon ab, nahezu täglich über das Internet miteinander zu reden.

Linda verdrehte die Augen.

«Dann nimm die Mädchen doch einfach mit! Habt ihr nicht bald Herbstferien?»

«Das kann ich doch nicht machen! Ohne Georg nach Spanien? Selbst wenn ich die Mädchen dabei habe, da macht er garantiert nicht mit. Du weißt doch, wie eifersüchtig er sein kann!»

«Ach, eifersüchtig sein, aber jeden Abend ohne dich abhauen? Ich glaube, wer so eifersüchtig ist, hat meistens selbst etwas zu verbergen!»

«Mein Georg? Ach Quatsch, der ist doch eh nur wieder irgendwo unterwegs, um Karten zu spielen. Einen nackten Frauenkörper hat der doch schon seit Jahren nicht mehr gesehen!» Margot beeilte sich, hinterherzuwerfen: «Außer meinem natürlich!»

«Hm ... wie du meinst. Du weißt, wo du mich findest. Und wenn du möchtest, übernehme ich auch gerne die Tickets! Du bist jederzeit herzlich willkommen. Du und deine Mädchen! Komm vorbei, wenn dir danach ist!»

«Ja, danke. Wir hören oder lesen uns bald.»

«Na klar, wie immer!»

Sie winkten sich über ihre Webcams zu und trennten die Verbindung.

Margot wischte sich den Schweiß von der Stirn. Fast hätte sie Linda gegenüber zugegeben, dass schon seit Jahren nichts mehr zwischen ihr und Georg lief! So gern sie auch mit ihrer Freundin ein wenig lästerte, es gab Dinge, die gingen wahrlich niemanden etwas an!

Sie fuhr den Computer herunter und ging ins Schlafzimmer. Vor dem großen Spiegelschrank blieb sie stehen. Sie schaute in die Augen einer hübschen Brünetten. Lange, lockige Haare, eine Stupsnase, große Augen, die sie etwas jünger wirken ließen, als sie tatsächlich war. Ein bisschen pummelig vielleicht, aber ihrer Meinung nach saßen die Pölsterchen an genau den richtigen Stellen. Sie lächelte ihrem Spiegelbild zu. Warum auch immer ihr Göttergatte keine Lust mehr auf sie hatte, an ihr konnte es nicht liegen. Sie war zufrieden mit sich und ihrem Körper. Oder redete sie sich das nur ein?

Georg kam gewiss nicht vor Mitternacht nach Hause, da konnte sie genauso gut schlafen gehen. Traurig kuschelte sie sich in ihre Decke und war bald eingeschlafen.

Als sie am frühen Morgen aufwachte, war der Platz neben ihr immer noch leer. Komisch, auch wenn er oft stundenlang aus war, über Nacht ist er noch nie weggeblieben. Hoffentlich ist ihm nichts passiert! Margot wurde ganz nervös. Sie weckte die Mädchen und versuchte, sich vor ihnen nichts anmerken zu lassen. Die beiden schlangen ihr Müsli herunter und gingen in die Schule. Nachdem die Mädchen das Haus verlassen hatten, nahm Margot ihr Handy. Anrufen oder schreiben? Sie entschied sich erst mal für eine Textnachricht:

*Hey Schatz, alles ok bei dir? Du musst doch zur Arbeit? Melde dich mal daheim! :-**

Zwei Stunden später tigerte sie in der Wohnung umher und hatte immer noch ihr Handy in der Hand. Jetzt rief sie doch an. Es klingelte und klingelte und ...

«Ja? Hallo! Wer ist denn da?»

Erschrocken legte sie auf. Diese Frauenstimme war ganz gewiss nicht die ihres Mannes.

Warum ging eine Frau an Georgs Handy? Margots Herz raste. Es konnte doch nicht sein ... er würde doch nicht ... nein, nicht ihr Georg!?

Ach, bestimmt war das irgendein Missverständnis. Es würde sich schon aufklären. Margot versuchte, sich wieder zu beruhigen. Etwa 30 Minuten später, als sie gerade fertig war, die Küche durchzuwischen (Putzen beruhigt), hörte sie, wie die Wohnungstür geöffnet wurde. Sie stellte den Eimer ab und ging ihrem Mann entgegen.

«Georg! Wo warst du denn die ganze Nacht? Ich habe mir Sorgen ...»

«Ach Margot, lass gut sein! Ich halt das nicht mehr aus. Ich packe jetzt und verschwinde. Janine hat mir schon erzählt, dass du angerufen hast. Na ja, jetzt ist die Katze aus dem Sack. Ich ziehe zu ihr, dann hast du deine Ruhe.»

Margot erblasste.

Schockiert setzte sie sich auf den nächstbesten Stuhl. Sie saß immer noch dort und blickte mit leerem Blick vor sich hin, als Georg mit gepackten Koffern das Haus verließ.

Erst als die Mädchen von der Schule kamen, riss sie sich halbwegs zusammen. Natürlich merkten die beiden trotzdem, dass etwas nicht stimmte.

«Mama, was ist passiert?», fragte die 16-jährige Marie.

«Ach Kinder, es ist ... also Papa ... Papa und ich ...»

«Hat er es dir endlich gesagt!», rief die 14-jährige Luise.

«Mama, sei froh, wenn du den los bist! Er ist zwar unser Papa, aber was er da mit dir gemacht hat, das war doch unter aller ...»

Margot schaute ihre beiden Töchter an, die nicht so überrascht schienen, wie sie es erwartet hätte.

«Er ist heute Morgen ausgezogen.» Sie seufzte.

«Ach Mama!», Marie stand auf und nahm ihre Mutter in den Arm.

«Glaub mir, ohne ihn bist du besser dran!»

Jetzt begann Margot, zu schlucken. Ihre eigenen Töchter wussten, dass ihr Vater die Mutter betrogen hat! Was für ein Arsch!

Sie schniefte und hob den Kopf.

«Wisst ihr was? Ihr habt Recht! Wegen dem heul ich mir doch jetzt nicht die Augen aus!»

Ihre Töchter lächelten ihr aufmunternd zu. Kurz danach gingen sie auf ihre Zimmer.

Abends loggte Margot an ihrem PC ein und kontaktierte Linda.

«Hey Mäuschen, wie siehst du denn aus?»

«Ach Linda, Georg ist weg. Er ist zu seiner Freundin gezogen.»

«Seine Freundin? Pfff ... was eine Luftpumpe.»

Trotz ihres Frusts musste Margot kurz grinsen.

«Ich habe nicht einmal gewusst, dass er eine hat. Keine Ahnung hatte ich, obwohl wir ...»

«Obwohl ihr was?»

Margot seufzte.

«Wir haben schon seit Monaten nicht mehr ...»

«Margot! Und du erzählst mir nix? Dein Mann, das Arschloch, fasst dich nicht an und du sagst es nicht einmal deiner besten Freundin?»

«Hätte das was geändert?»

«Ich hätte dich von ihm weggeholt!»

«Ich wäre nicht gegangen.»

«Ach Margot, du bist ... ich ... am liebsten würd ich durch den Monitor kriechen und dich fest umarmen.»

Eine Träne sammelte sich in Margots Auge, sie blinzelte sie weg.

«Ich hab dich lieb, Linda.»

«Weißt du was? Ich habe da von einer ganz tollen Single-Plattform im Internet für den Raum Frankfurt gehört! Meld dich doch gleich mal an!»

Linda mal wieder mit ihren verrückten Ideen!

«Na jetzt mal halblang! Georg ist noch nicht einmal einen ganzen Tag weg und ich soll mich schon nach dem Nächsten umsehen? So weit bin ich noch lange nicht.»

Es dauerte noch etwa sechs Monate, bis sie sich anmeldete.

Singlebörse

Ich bin ein wenig mollig, aber habe mein Herz auf dem rechten Fleck - brünette Zweifach-Mama sucht jemanden zum Anlehnen.

«Uff, das klingt ja übel, du glaubst doch nicht wirklich, dass sich darauf jemand meldet?»

«Ja, du hast recht Linda. Aber ich weiß einfach nicht, wie ich mich selbst beschreiben soll! Und wenn ich ehrlich bin, bin ich nicht einmal sicher, ob ich noch einmal für eine feste Beziehung bereit bin. Aber ich kann mir auch nicht einfach ein Abenteuer erlauben, schließlich habe ich zwei Töchter und muss denen ein Vorbild sein.»

«Ach Quatsch, die sind alt genug und wissen genau, was Sache ist. Weißt du was? Gib mir mal deine Zugangsdaten, ich lass mir was einfallen.»

«Meinst du wirklich?»

«Na klar, trau dich einfach!»

«Ok, warte, ich schicke sie dir.»

Margot war schon sehr gespannt, was Linda sich da einfallen lassen würde. Oh, hoffentlich wurde sie nicht zu obszön!

Linda neigte immer mal wieder zu ziemlich heftigen Aussagen. Aber gut, morgen früh wollte sich Margot einloggen und nachsehen, was Linda hingeschrieben hat. Es gibt ja immer noch die Möglichkeit, es wieder zu löschen.

Heiße Brünette mit scharfen Kurven sucht Dich! Aber nur, wenn du einen Knackarsch und starke Arme hast! Denn du sollst mich auf Händen tragen. Ob ich es verdient habe, fragst du? Lern mich kennen und du wirst es erfahren ...

Margot errötete. Heiß? Scharfe Kurven? Na, ob das die richtige Beschreibung für mich ist? Ihr Finger schwebte über dem «löschen» - Button.

Ach, was soll's! Da meldet sich doch eh keiner.

Osam666: *Hallo? Bist du da?*

Oh, was jetzt?

LadyMargo: *Ja, guten Tag.*

Osam666: *Besonders viel hast du ja nicht geschrieben über dich. Lust auf ein Online-Abenteuer?*

LadyMargo: *Was meinst du damit?*

Osam 666: *Na, Cyber-Sex!*

Sie klickte sofort auf - *User ignorieren* -. Ach du Schande, was hat Linda denn da jetzt angestellt. Schnell den Text löschen!

LonelyMaster: *lol, das hat doch garantiert jemand für dich geschrieben!*

LadyMargo: *Wie kommst du denn darauf?*

LonelyMaster: *Ich habe dein Profilbild gesehen. Du siehst eher aus wie ein Hausmütterchen, nix für ungut!*

LadyMargo: *Soso, Hausmütterchen also? Das denkst du ...*

LonelyMaster: *habe ich Unrecht? Dann entschuldige bitte :)*

LadyMargo: *Schon verziehen :) Echt merkwürdig, dieses Singlebörsenzeug!*

LonelyMaster: *Da hast du Recht. Ich bin auch nur hier, weil ein Freund meinte, ich «müsse» das machen. Nur weil meine Frau mich nach 8 Jahren Ehe verlassen hat!*

LadyMargo: *Das kann ich gut nachvollziehen. Bei uns waren es 18 Jahre und er ist es, der gegangen ist ...*

LonelyMaster: *Ha! Wusste ich es doch! Ich habe gehofft, endlich mal auf eine normale Frau zu treffen hier :)*

LadyMargo: *was heißt schon normal? Bin ich normal, weil mein Mann mich verlassen hat? Betrogen und verlassen. Und ich habe nichts geahnt!*

LonelyMaster: *Oh, ist wohl noch nicht so lange her. Sorry! Ich meinte das nicht so. Aber ich habe das Gefühl, einfach schreiben zu können, was ich denke. Und die anderen Damen waren echt merkwürdig. Eine wollte erst meinen Kontostand wissen, bevor sie mit mir weiter schreibt!*

LadyMargo: *Lach ... und? War sie enttäuscht über das dicke Minus? ;)*

LonelyMaster: *Hehe. Wer weiß ... Also, ich trau mich jetzt mal was! Ich bin der Jens, bin*

40, geschieden und habe einen 17-jährigen Sohn, der allerdings bei seiner Mutter wohnt. Ich bin 1,80m groß und mache gerne Sport. Was aber nicht heißt, dass ich aussehe wie so ein Fitness-Trainer ;) Aber das mit dem Hintern könnte schon hinhauen ...

Margot klickte auf das Profil von LonelyMaster. Es blickte ihr ein lächelnder, braungebrannter Sonnyboy entgegen. Er hatte blonde kurze Haare, Lachfältchen um die Augen und seine Augenfarbe ... lila?

LadyMargo: *Hey! Du hast doch Photoshop benutzt! Das ist nie im Leben deine echte Augenfarbe!*

LonelyMaster: *Erwischt! Hast du etwa auf mein Profil geguckt?*

LadyMargo: *Na und? Du hast ja schließlich auch meines angesehen!*

LonelyMaster: *Wo du Recht hast ...*

Sie schrieben sich noch eine ganze Weile. Nach etwa drei Stunden wusste sie, dass er nicht nur gerne Sport machte, sondern auch unterrichtete. Er erfuhr von ihren beiden Töchtern und sie plauderten über alles Mögliche. Als sie hörte, dass die Mädchen schon heimkamen, konnte sie gar nicht glauben, dass schon so viel Zeit verstrichen war.

LadyMargo: *Achdujeh! Die Kinder sind schon da! Ich muss Schluss machen!*
LonelyMaster: *Aber doch hoffentlich nicht mit mir ... grins ... ich hoffe sehr, wir lesen uns bald wieder!*
LadyMargo: *Na mal sehen ... machs gut!*
LonelyMaster: *cu!*
C U? Was meinte er denn damit?
«Hallo Mama!»
«Hallo ihr beiden, sagt mal, was heißt es, wenn jemand CU schreibt?»
«Haha Mama. Das heißt «see you» - sprich die Buchstaben mal auf Englisch aus!»
Sie schlug sich vor die Stirn. «Manchmal steht man echt auf dem Schlauch.» Alle lachten.
«Ich habe noch nichts gekocht, habt ihr großen Hunger?»
«Nö, ich mach mir einfach ein Brot.»
«Ich geh eh gleich zu Torsten.»

Torsten, der 15-jährige Freund von ihrer «Kleinen», war ein fröhlicher junger Mann. Margot mochte ihn sehr und hoffte, dass er Luise nie enttäuschen würde. Die 16-jährige Marie hielt sich von Jungs fern. «Männer sind egoistische Schweine, mit denen will ich nichts am Hut haben.»

Na danke auch, Georg! Ach, die Jugend. War das nun wirklich schon so lange her, dass sie da selbst dazugehörte? Mit 14 hielt sie selbst zumindest eine 38-Jährige für eine alte Oma. Aber sie fühlte sich gar nicht so alt. Vielleicht sollte sie sich auch einfach mal etwas trauen!

LonelyMaster: *Guten Abend, die Dame. Die Kinderlein versorgt?*

LadyMargo: *Ach, die können sich schon ganz gut selbst versorgen ;)*

LonelyMaster: *Und wie sieht es bei dir aus?*

Oh nein. Bitte nicht wieder diese Cyber-Sex-Nummer!

LadyMargo: *Wie meinst du das?*

LonelyMaster: *Du hast mir viel von dir erzählt. Du wirkst sehr traurig. Brauchst du ne Aufheiterung?*

LadyMargo: *Wenn ich dir jetzt schreibe, was ich dachte, was du jetzt schreibst ... lach ... Mit dir zu tippen heitert mich irgendwie auf*

LonelyMaster: *Irgendwie? Na wie aufbauend! ... schmunzel ... Ok, dann streng ich mich etwas mehr an! Kopfschüttelnd kommt der Hahn aus dem Entenstall und ruft: Ich hab mich geirrt! Ich hab mich geirrt!*

LadyMargo: *Pruuuust ... nicht lustig ;)*

LonelyMaster: *Aber du hast doch gelacht?*

LadyMargo: *Stimmt, hast recht :)*

LonelyMaster: *Ich würde dich gerne mal im rl sehen. Neutraler Ort?*

LadyMargo: *Was ist denn rl jetzt schon wieder Versautes?*

LonelyMaster: *lol .. rl = real life. Also in Echt und Farbe und 3d und so ;)*

LadyMargo: *Oh Mann, ich dachte, ich wäre fit am PC ... scheinbar doch nicht :)*

LonelyMaster: *Solang du tippen kannst, reicht es doch fürs Erste und fragen kannste immer*

LadyMargo: *Da hast auch wieder Recht*

LonelyMaster: *Weichst du meiner Frage aus?*

Margot fühlte sich ertappt. Ja, das tat sie. Sie kannte ihn erst seit heute, wenn man bei ein paar Stunden chatten überhaupt von «kennen» sprechen konnte. Dennoch war sie sehr neugierig auf ihn. Und wollte sie nicht mal etwas wagen?

LadyMargo: *Hm. Ok. Morgen Mittag um 12 Uhr. City Galerie Aschaffenburg.*

LonelyMaser: *Da habe ich noch Unterricht. Machen wir 14 Uhr draus? Und wo genau? Die City ist groß ;)*

LadyMargo: *Unten am Spendenbrunnen? Der befindet sich hinten an den Rolltreppen gegenüber des Nordsee-Restaurants.*

LonelyMaster: *Ich weiß, wo das ist, ok, ich stehe am Brunnen. 14 Uhr. Morgen.*

LadyMargo: *Alles klar, ich komme.*

LonelyMaster: *Ich freue mich darauf. Bis morgen!*

LadyMargo: *cu*

Sie kicherte. Als sie sich ins Bett legte, wurde sie plötzlich ganz nervös. Habe ich mich jetzt w irklich m it e inem völlig Fremden verabredet? Im Internet kann man ja viel erzählen!

Aufgeregt und mit stark klopfendem Herzen fand sie nur schwer in den Schlaf. Sie träumte von einer leeren City Galerie. Als sie am Brunnen ankam, stand dort Jens. Er sah aus wie auf dem Foto, war aber nur mit einer Short bekleidet. Sein muskulöser Oberkörper lud dazu ein, von ihr betastet zu werden ...

Das Treffen

Als Margot aufwachte, fiel ihr der Traum sofort wieder ein. Meine Güte, es war wirklich schon ZU lange her, wenn sie schon von Sex mit einem vollkommen Fremden träumte. Die Mädchen waren schon auf und saßen am Frühstückstisch.

«Guten Morgen, Mama! Gut siehst du aus heute.»

«Ok, Luise, was brauchst du?»

Sie grinste ihre Tochter an. Luise grinste zurück.

«Ich würde heute Nachmittag gerne ins Kino. Da kommt ein neuer Film und ich nehm auch Marie mit. Bei der Schnulze kann ich lange warten, bis Torsten mich einlädt.»

«Na klar, könnt ihr machen. Euer Vater schickt mir jeden Monat genug Geld. Seine neue Freundin scheint doch nicht alles auszugeben, was er hat.»

«Ach Mama, wieder mal weißt du nicht Bescheid. Janine hat Papa verlassen. Sie ist mit ihrem Chef zusammengezogen und Papa wohnt alleine in ihrer alten Wohnung. Geschieht ihm doch recht», grinste ihre Tochter sie an.

«Oh, tatsächlich? Nun, ähm, dann, da hast du 30 Euro. Viel Spaß im Kino! Ich habe heute auch was vor. Falls es später bei mir werden sollte, bitte geht pünktlich ins Bett! Ihr habt morgen Schule!»

«Mama? Hast du ein Date?»

Margot errötete.

«Du wirst ja rot! Mama, ich freu mich für dich! Wer ist es denn? Kenne ich ihn?»

Ich kenne ihn doch selbst nicht, ging es Margot durch den Kopf. Sie schüttelte diesen.

«Oh, na gut. Ich wünsch dir auf jeden Fall viel Spaß, Mama!»

«Danke, mein Schatz.»

Nachdem die Kinder in der Schule waren, stellte sich Margot vor den Kleiderschrank.

Lange stand sie davor und konnte sich nicht entscheiden. Ein Kleid? Vielleicht war das schon zu schick. Jeans und

T-Shirt? Zu leger. Am Ende entschied sie sich für einen langen schwarzen Rock und eine rote Bluse mit Ausschnitt. Er war nicht besonders tief, aber ein bisschen Haut war zu sehen. Sie schminkte sich dezent, indem sie nur etwas Wimperntusche und Lipgloss benutzte. Ihre Haare band sie zu einem Zopf. Sie stand vor dem Spiegel und betrachtete sich. Sie lächelte. Sieht doch gut aus!

Zufrieden mit ihrer Auswahl machte sie sich auf den Weg. Nachdem sie das Auto im Parkhaus abgestellt hatte, ging sie von hinten in das Gebäude. Sie lief in Richtung des Vordereingangs und hielt die Augen offen. Schon von weitem konnte sie eine Gestalt am Brunnen warten sehen. Er stand mit dem Rücken zu ihr, da er sie wohl von vorne erwartete. Er schrieb zwar, dass er kein Muskelprotz sei, doch bereits seine Hinteransicht wirkte sehr athletisch. Er trug eine schwarze Jeans und hatte ein weißes Hemd an. Sein Rücken verlief leicht V-förmig und er hatte tatsächlich einen äußerst knackigen

Hintern. Sie schnaufte tief durch und fasste den Mut, auf ihn zuzutreten.

«Jens?»

Er drehte sich um. In natura sah er noch viel besser aus als auf dem Foto. Sein Haar war etwas länger als auf dem Bild und hing ihm leicht in die Stirn, was so ein bisschen den Eindruck erweckte, als wäre er gerade erst aufgestanden. Er kam ihr ein Stück entgegen und streckte die Hand aus.

«Hallo Margot, es freut mich, dich persönlich kennenzulernen.»

Er lächelte zaghaft.

Sie ergriff seine Hand und versank in seinen Augen, die eben nicht lila waren, sondern grün. So grün wie das Meer am Sandstrand, ging es ihr durch den Kopf. Nach einem Moment der Stille antwortete sie:

«Es ist mir ebenfalls ein Vergnügen», und lächelte zurück.

Sein Lächeln wurde zu einem Strahlen und sie stellte fest, dass ihn das noch besser aussehen ließ. Die Falten an den

Augen schienen tatsächlich Lachfalten zu sein, und sein Blick ... ihr Herz schlug plötzlich schneller.

«Wollen wir einen Kaffee trinken oder ein Eis essen gehen?», fragte er.

Sie nickte.

Da merkte sie, dass sie noch immer seine Hand festhielt, und zog sie erschrocken weg. Nebeneinander fuhren sie die Rolltreppen nach oben und setzten sich auf eine der Sitzbänke, die zu einer Eisdiele/Pizzeria gehörten.

Sie bestellte sich einen Eiskaffee, er einen Cappuccino.

«Dass ich Lehrer bin, das weißt du ja bereits. Was machst du eigentlich beruflich?», begann Jens das Gespräch.

«Ich ... nun, ich bin recht früh Mutter geworden und habe mein Studium abgebrochen. Georg hat gut verdient, so konnte ich zuhause bleiben und mich um die Kinder kümmern.»

«Was hast du denn studiert?»

«Oh, ich wollte Medizin studieren. Ich war aber noch im ersten Semester, da ist nach all den Jahren kein Wissen mehr vorhanden. Na ja, meine beiden Mädchen habe ich oft genug verarztet.»

Jens schmunzelte.

«Hast du schon eine Vorstellung, was du jetzt machen wirst? Oder gehst du davon aus, dass Georg ...»

«Nein, nein, ich kann schon für mich selbst sorgen! Ich habe mich bei einem Kinderbekleidungsgeschäft als Aushilfe beworben, für den Anfang. Erstmal nur für 30 Stunden, aber vielleicht lässt sich das noch ausbauen. Nächste Woche geht es los. Ich habe schon immer einen Teil mit beigetragen, meist bin ich als Mini-Jobberin irgendwo putzen gegangen. Das Geld war dann auch ganz allein für mich. Das, was Georg jetzt noch zahlt, ist für die Kinder. Das Haus gehört mir, das habe ich von meinen Eltern geerbt.»

«Entschuldige, ich wollte dich nicht angreifen.»

«Und ich mich nicht verteidigen.»

Beide lachten. Margot blickte auf und sah Jens erneut in die Augen. Sie könnte versinken in diesem Grün ...

«Margot? Hey, Margot! Hab ich doch richtig gesehen!»

Neben ihr stand plötzlich Georg. Er setzte sich an den Tisch. Jens wurde von ihm einfach ignoriert.

«Hallo Georg», sagte Margot kühl.

«Das ist Jens», stellte sie diesen vor, nachdem Georg immer noch keinerlei Anstalten machte, Jens auch nur anzusehen.

«Ja, hallo», Georg nickte ihm kurz zu und wandte sich dann wieder an Margot.

«Gut siehst du aus! Vielleicht hätte ich doch nicht so schnell ...»

«Vielleicht? Vielleicht hättest du auch einfach mal mit mir reden können! Bevor du mit irgendeiner jungen Ziege abhaust, deren Brüste noch prall sind, die dich mag, solange dein Geldbeutel dicker ist als dein Bauch!»

Sie pikste ihn in ebendiesen Bauch. Dann stand sie auf.

«Entschuldige bitte, Jens. Aber dieser ignorante Kerl hier wird mir nicht den Tag verderben! Ich hoffe, ich habe dich nicht abgeschreckt, aber ich rege mich nach wie vor auf über diesen Mistkerl.»

Einige Leute um sie herum waren stehen geblieben und blickten neugierig auf sie, als erwarteten sie gleich eine Riesenszene.

Galant stand Jens auf, legte einen 10-Euro-Schein unter seinen Teller, für die Getränke, und legte den Arm um sie.

«Ach Schatz, wir haben doch erst gestern Abend im Bett darüber gesprochen, dass dieser Betrüger es nicht wert ist, sich über ihn aufzuregen.» Er küsste sie auf die Wange. «Lass uns einfach heimgehen.»

Sie ließ sich von ihm wegführen. Total baff über seine Reaktion, merkte sie nicht, dass die Leute um sie herum nun Georg ziemlich böse anschauten und wie auf Wolken lief sie in Jens` Arm Richtung Parkhaus.

Als sie beim Parkautomaten standen, kam sie langsam wieder zu sich. Jens hielt sie immer noch im Arm und blickte sie an.

«Alles in Ordnung mit dir?», fragte er sie.

Sie lächelte.

«Ja, danke. Das war großartig!»

«Ich hoffe, das wird jetzt genauso großartig», murmelte er, als er sich ihrem Gesicht näherte.

Dann küsste er sie. Sein Kuss war zart, fragend, abwartend. Sie öffnete die Lippen, erwiderte mit pochendem Herzen diesen Kuss. Ihre Hände fanden den Weg zu seinem Nacken, zogen ihn noch näher an sie heran. Langsam ließ er seine Zunge über ihre Lippen gleiten, und sie ließ ihn gewähren, ließ ihn ein. Ihre Zungen umspielten einander, sein Kuss wurde intensiver, fordernder. Ihr ganzer Körper war überzogen von einem Kribbeln und sie fühlte, dass sie eine Gänsehaut hatte. Seine Hände wanderten von ihrem Rücken zu ihrem Po. Hinter ihnen räusperte sich jemand. Nur mühsam konnten sie voneinander lassen.

«Wow! Das war ...», ihr fehlten die Worte.

Er nickte.

«Sehe ich auch so!»

Wieder mussten sie beide lachen. Sie löste ihr Ticket.

«Wo steht dein Auto?», fragte sie ihn.

«Ich bin nicht mit dem Auto hier. Ich wohne nicht weit von hier.»

«Soll ich dich nach Hause fahren?»

«Gerne, dort sind auch Parkplätze, falls du noch einen Kaffee ...?»

Sie nickte. Ihnen beiden war klar, dass es wohl nicht nur bei einem Kaffee bleiben würde.

Sie fuhr nur ein paar Straßen weiter und schon waren sie bei ihm zu Hause. Geschwind stiegen sie aus dem Auto und rannten Hand in Hand zu seiner Wohnung. Margot kicherte und war froh, dass ihre beiden Töchter sie jetzt nicht sehen konnten.

Jens wohnte in einem kleinen Häuschen nahe der Großmutterwiese. Margot hatte keine Zeit, sich genauer umzusehen, denn Jens hatte bereits aufgeschlossen und zog sie zu sich in seine Wohnung. Sie nahm noch wahr, dass die Tür hinter ihm zufiel, während sie sich küssten, als gebe es kein Morgen mehr.

Jens legte die Hände unter ihren Po und hob sie an. Sie schlang beide Beine um seine Hüften und er trug sie mit seinen starken Armen in sein Schlafzimmer. Dort legte er sie aufs Bett, sie löste sich von ihm und sah ihm zu, wie er sich die Kleidung vom Leib riss.

Er hatte damit untertrieben, als er ihr mitteilte, dass er nur etwas sportlich sei. Er hatte einen drahtigen, durchtrainierten Körper und sie betrachtete ihn voller Wonne. Sie konnte es kaum erwarten, dass er sich gleich zu ihr legte. Beide sprachen kein Wort, doch ihre Blicke sagten alles.

Jens hatte nur noch seine Boxershorts an, in der deutlich eine große Beule zu sehen war, als Margot sich aufrichtete und sich ihrer Kleidung entledigte. Bewundernd schaute er ihr dabei zu.

Als sie nur noch in Unterwäsche vor ihm stand, war die Ausbuchtung wesentlich größer als vorher.

«Genug gewartet», stöhnte Jens und zog seine Boxershorts nach unten. Margot hob ihre rechte Augenbraue, als sie sein bestes Stück zu sehen bekam. Sie hakte ihren BH auf und Jens kam zu ihr. Er küsste sie erneut. Seine Zunge erforschte ihren Mund, während seine Hände sie überall streichelten. Sanft glitten sie hinab zu ihren Brüsten, liebkosten ihre Rundungen. Dann begann er, ihren Körper mit seiner Zunge zu erkunden.

Margot fühlte eine noch nie gekannte Lust in sich aufbrausen. Solche Gefühle hatte Georg nie in ihr entfacht. Bei ihm ging es immer so schnell. Ein, zwei Küsse, ausziehen, rein, raus, fertig.

Doch Jens ließ sich Zeit. Er schien jede Pore ihrer Haut ertasten und schmecken zu wollen. Er leckte sich gerade wieder aufwärts, um sie erneut zu küssen. Margot war wie gebannt, ihre Hände strichen durch seine Haare, und als er seinen Kopf wieder nach unten bewegte, warf sie ihren Kopf zurück und genoss, was er da mit ihr tat. Als er bei ihrem

Höschen angelangt war, zog er ihr dieses aus und leckte ihr sanft über den Kitzler. Dann drang er mit zwei Fingern in sie ein. Margot hob die Hüften und wand sich hin und her.

«Mehr, ich will mehr», keuchte sie.

«Was willst du Margot, ich will es hören!», stöhnte Jens.

«Dich! Ich will dich! In mir! Und zwar sofort!»

Jens legte sich über sie und stützte sich mit seinen Armen neben ihrem Kopf ab. Sie konnte ihn an sich spüren, machte die Augen zu und ...

«Sieh mich an, Margot.»

Sie öffnete ihre Augen wieder.

Jens blickte sie an, in seinen Augen konnte sie Zuneigung und Wärme sehen. Sie schauten einander tief in die Augen, als er langsam in sie eindrang. Margot hatte das Gefühl, als müsse sie zergehen, so schön war das.

Sie liebten sich viele Stunden lang, lernten ihre Körper gegenseitig kennen, bis sie

irgendwann erschöpft in Jens Armen
einschlief.

Erwachen

Es war schon später Abend, als sie die Augen wieder aufmachte. Jens schlief noch und sie nahm ihre Kleidung, legte einen Zettel auf sein Kopfkissen, auf den sie schrieb:

«Danke für diesen schönen Tag, ich muss mich um meine Mädels kümmern :-* Margot»

Dann zog sie sich fix an und schlich aus dem Haus. Draußen dämmerte es bereits. Sie stieg in ihr Auto und fuhr nach Hause. Dort angekommen saßen ihre Töchter gerade am Tisch und grinsten sie an.

«Na, hast du einen schönen Tag gehabt, Mama?», lächelte Luise sie an.

«Auf dem Herd stehen Spaghetti, nimm dir was, wir haben für dich mitgekocht.» Margot errötete.

Hoffentlich merkten die Mädchen nicht, was gerade in ihr vorging. Sie nahm sich einen Teller, lud sich Spaghetti und

Tomatensoße drauf und setzte sich zu den beiden.

«Im Kino war's voll öde. Der Film war langweilig», jammerte Marie. «Die haben kaum geredet, fast nur gevögelt. Als wenn man einfach mit einem ins Bett steigt, den man kaum kennt und dann sein ganzes Leben mit demjenigen verbringt. Voll unrealistisch!»

Margot verschluckte sich fast am Essen.

«Weißt du Marie, nur weil es mit deinem Vater und mir nicht mehr geklappt hat, heißt das nicht, dass es keine wahre Liebe gibt», erklärte sie ihrer Tochter.

«Apropos wahre Liebe, ich geh noch zu Torsten!», warf Luise ein. Margot schaute auf die Uhr.

«Ok, aber denk dran, in zwei Stunden musst du wieder hier sein. Du hast morgen Schule.»

Luise verdrehte leicht die Augen und gab ihrer Mutter einen Kuss auf die Wange.

«Wie wenn ich nicht auch von Torsten aus zur Schule könnte. Aber ok, ich komme nachher wieder heim.»

Marie räumte ihren Teller in die Spülmaschine.

«Ich muss noch lernen. Gute Nacht, Mama»

«Gute Nacht, Marie.»

Ihre Große war so ein hübsches Mädchen und sehr schlau. Margot war sehr stolz auf die Leistungen ihrer Tochter. Doch bei all dem Lernen fiel es dem Mädchen manchmal schwer, privat Kontakte zu knüpfen. Noch dazu bei der Einstellung zu Beziehungen. Sie hoffte, dass Marie noch merken würde, dass es nicht überall so zugeht, wie es bei ihnen zuhause war und es auch Männer gab, auf die man sich verlassen konnte.

Margot räumte den Tisch ab und ging an ihren PC. Sie loggte sich ein, um mit Linda zu reden.

«Na? Zurück von deinem heißen Date? War er denn überhaupt da? Ist es ein alter Sack mit Bierbauch, der ein falsches Foto online gestellt hat?»

Margot lachte.

«Nein Linda, ist er nicht. Er sieht noch besser aus als auf seinem Bild. Und er ist total ... nett.»

«Nett? Nett ist die kleine Schwester von Scheiße. So schlimm?»

Margot wollte nicht schwärmen. Was sollte Linda von ihr denken? Trotzdem rutschte ihr heraus:

«Ok, ok. Er ist toll! Er sieht bombastisch gut aus, hat tolle Manieren und hat mir ganz charmant den Tag gerettet.»

«Den Tag gerettet? Wie meinst du das denn?»

Margot erzählte ihr von der Begegnung mit Georg. Dass sie im Anschluss mit Jens im Bett gelandet ist, behielt sie vorerst für sich.

«Und er hat echt so getan, als wärt ihr schon länger zusammen? Super Reaktion. Konntest du denn rausfinden, was Georg eigentlich wollte?»

«Keine Ahnung. Ich denke, er hat uns zufällig gesehen und wollte mir irgendwie eine reinwürgen. Dabei ist er doch derjenige, der fremdgegangen ist! Die

Mädchen haben mir erzählt, dass seine ach so tolle Janine ihn sitzengelassen hat. Geschieht ihm nur recht!»

«Tja, die hat sich wohl nach einem dickeren Geldbeutel umgeguckt.»

«Da könntest du Recht haben. Sie ist mit ihrem Chef zusammengezogen.»

Linda kriegte sich fast nicht mehr ein vor Lachen.

«Na dann scheint ja alles seinen richtigen Weg zu gehen. Ich freue mich für dich, Süße! Wann triffst du ihn denn wieder, deinen Jens?»

«Er ist nicht mein Jens. Ich kenne ihn doch kaum. Und ich denke, ich werde ihn schon bald wieder sehen. Also, na ja, wir haben nichts Festes ausgemacht. Aber er weiß ja, wo er mich erreichen kann.»

«Na dann drück ich dir mal die Daumen. Halt mich auf dem Laufenden!»

«Na klar, mach ich doch immer!»

Sie verabschiedeten sich und loggten aus.

Margot blieb noch eine Weile online. Sie loggte sich in die Singlebörse ein, um zu sehen, ob sie vielleicht eine Nachricht von

Jens hatte, doch da war nichts. Sie las noch ein paar E-Mails und ging dann in ihr Bett.

Sie schlief tief und fest, und als sie am nächsten Morgen erwachte, konnte sie sich nur noch an Jens' grüne Augen erinnern.

Sie weckte die Mädchen, machte die Pausenbrote zurecht und frühstückte etwas mit den beiden. Als sie aus dem Haus waren, ging sie zu ihrem Computer, um zu sehen, ob sie neue Nachrichten hatte.

Sie hatte keine.

Was, wenn er so einer war, der die Frauen einfach nur abschleppte und sich dann nie wieder meldete? Ok, der Sex war der Knaller, aber sie wollte sich nicht so benutzt fühlen. Sie hätte nicht gleich mit ihm in die Kiste springen dürfen!

Den Freitag verbrachte sie mit den Mädchen und Torsten. Sie veranstalteten einen schönen Spiele-Abend. Torsten im Team mit Luise, sie im Team mit Marie. Jedes Mal, wenn Torsten und Luise gewannen, gaben sie sich einen Kuss. Marie verdrehte die Augen.

«Mama, muss ich mir das noch lange antun, oder darf ich ins Bett?»

Margot lachte.

«Geh schlafen, nicht, dass du am Ende noch in Kuschelstimmung gerätst.»

Das Wochenende über war sie mit der Wäsche und dem Haushalt beschäftigt. Sie loggte sich immer wieder in den PC ein und sah nach, ob sie Nachrichten hatte.

Es gab aber keine.

Montags ging sie dann zu ihrem Job in der Kinderboutique. Sie wechselte sich ab mit Helene, die auch eine Tochter hatte. 12 Jahre alt war das Mädel.

Vormittags bis 13 Uhr war Margot im Dienst und danach kam Helene. Zeit für Unterhaltungen war selten.

Dafür war Doris, die Chefin des Ladens mal vormittags, mal nachmittags da und erzählte ihr von allem und jedem. Nach einer Woche hatte sie sich super eingelebt und Spaß bei der Arbeit.

Noch immer prüfte sie täglich ihre Nachrichten.

Freitags war dann statt Helene ihre Chefin im Laden, es waren aber so viele Kunden da, dass sie gar nicht dazu kam, zu fragen, ob etwas los sei. Vielleicht hat Helene ja freitags nachmittags frei, dachte sie bei sich.

Sie vertiefte sich immer mehr in ihre Wut auf sich selbst und ihre Trauer, dass sie so blöd war und auf den Kerl reingefallen ist, dass sie kaum noch wahrnahm, was in ihrer Umgebung so geschah.

So vergingen die Wochen und sie schaltete
ihren Rechner immer seltener an.

42

Eine zweite Chance

Als sie eines Nachmittags nach der Arbeit noch Lebensmittel einkaufte, begegnete ihr Georg.

«Hallo Margot», grüßte er sie kleinlaut.

Sie wollte an ihm vorbeilaufen, ihn ignorieren, doch sie brachte es nicht übers Herz.

«Georg», sie nickte ihm zu.

«Hör mal, Margot. Ich verstehe, dass du sauer auf mich bist. Ich habe mich benommen wie der letzte Arsch. Meinst du, wir können trotzdem einen Kaffee miteinander trinken gehen? Nur einen Kaffee und reden, wie in den guten, alten Zeiten. Wir haben doch auch gute Zeiten gehabt, meinst du nicht?»

Da konnte sie ihm nicht widersprechen. Irgendwie tat er ihr leid, so wie er da vor ihr stand, mit seinem Hundeblick und von allen verlassen. Er war kein so übler Kerl, nur sein Abgang, der war unter aller Würde.

«Das, was du da abgezogen hast, hat mich tief getroffen, Georg. Wir können einen Kaffee trinken gehen, doch erwarte von mir keine guten Zeiten. Die hast du einfach so weggeworfen.»
Bedrückt senkte Georg den Kopf. Margot hätte ihm beinahe über die Haare gestrichen, rein aus Gewohnheit. Doch sie hielt sich zurück.
«Ich bringe meinen Einkauf nach Hause und dann können wir uns ja im Café unten an der Ecke treffen. So in einer halben Stunde?»
Georg blickte auf und strahlte sie an. Nun hatte er wieder etwas von dem Mann, in den sie sich einst verliebt hatte.

Nachdem sie den Einkauf verstaut hatte, ging sie direkt los. Sie kam gar nicht auf die Idee, sich zurechtzumachen. Schließlich war es nur Georg, den sie treffen würde.

Er saß in dem Café an ihrem Lieblingstisch und sah aus wie ein Häufchen Elend.

Sie setzte sich zu ihm und bestellte einen Milchkaffee.

«Tja Georg, ich hab gehört, dir ist es nicht so gut ergangen, nicht wahr?»

Georg nickte.

«Ich weiß auch nicht, was da in mich gefahren ist. Nenn es vielleicht Midlife Crisis? Ich war so überwältigt davon, dass sie mir Avancen machte, dass ich irgendwann tatsächlich nachgegeben habe. Dabei war ich glücklich mit dir! Wirklich!»

Margot schüttelte den Kopf.

«Ich kann mir nicht vorstellen, dass du glücklich warst. Wäre es so gewesen, dann hättest du ihr einfach widerstehen können. Du hast nicht einmal mit mir geredet!»

«Margot, versteh doch, ich war wie geblendet. Sie ist jung, sie ist schön ...»

«Ach, und ich bin alt und hässlich oder wie?» Margot sprang auf. «Warum habe ich mich nur auf dieses Treffen eingelassen?»

Georg hielt sie am Arm.

«Warte Margot, entschuldige bitte. Ich wollte dir doch nur erklären ... ich ... lass uns das Thema wechseln, bitte. Wie geht es den Mädchen?»

Seufzend setzte sich Margot wieder hin. Sie erzählte Georg, dass Luise immer noch mit Torsten glücklich war und sie sich Sorgen um Marie machte.

«Deine Aktion hat ihr Vertrauen in die Liebe nicht gerade gestärkt. Und ich habe so gehofft, dass sie auch bald jemand Netten kennenlernt und demjenigen auch eine Chance gibt.»

«Soll ich mal mit ihr reden? Nur weil es mit uns beiden am Ende nicht mehr geklappt hat, haben wir uns doch sehr geliebt. Wir hatten so viele tolle Jahre. Weißt du noch unsere Reise nach Paris?»

Margot nickte lächelnd.

Paris.

Sie waren frisch verliebt und kamen kaum aus ihrem Zimmer. Als sie es dann mal zum Eiffelturm geschafft hatten, war der Aufzug defekt und die Besichtigung fand nicht statt. Sie gingen also wieder zurück ins Hotel und neun Monate später kam Marie auf die Welt.

«Ja, in Paris, da waren wir noch jung und unbeschwert. So sollte es unseren Mädchen auch gehen.»

Georg streichelte sanft ihre Hand. Es fühlte sich gut an, so vertraut.

«Was mache ich hier», dachte sie plötzlich. Sie zog die Hand weg.

«Du kannst gerne mit Marie reden. Mit beiden Mädchen. Sie freuen sich, wenn sie von dir hören. Auch wenn sie nicht gutheißen, was du getan hast, bist du doch ihr Vater. Ich gehe jetzt nach Hause, ich habe noch zu tun.»

«Es war schön, dich zu sehen, Margot.»

«Ja, Georg, zumindest gehen wir heute nicht im Streit auseinander», sagte sie lächelnd und ging.

Zuhause warf sie wieder den Rechner an. Keine Nachricht.

Verdammt! Sollte sie wirklich einfach rumsitzen und warten?

Dieser ganze Mist mit der Partnervermittlung taugte doch eh nichts! Zornig löschte sie ihr Profil.

Abends beim Gespräch mit Linda wollte sie nichts erzählen, doch diese kannte ihre Freundin einfach zu gut.

«Was ist los? Da stimmt doch was nicht mit dir. Los erzähl schon!»

«Ach Linda, heute habe ich Georg getroffen. Anfangs haben wir uns gestritten, doch dann war das Gespräch wirklich nett.»

«Du willst mich doch verarschen, oder? Was ist mit deinem Internet-Date?»

«Ach der, das war bestimmt einer, der sich im Netz seine Opfer aussucht, sie ins Bett lockt und dann einfach abhaut! Das mit Georg hatte zumindest Bestand. Lange Zeit lief es doch super! Georg hat heute Paris erwähnt ...»

«Ins Bett? Moment mal ... du warst ... vergiss Georg, der ist ein Weichei! Der schmeißt sich jetzt wieder an dich ran, weil er niemanden hat, der seine Wäsche wäscht! Und du hattest Sex und mir nichts davon erzählt!»

«Ja genau, weil du jetzt so nen riesen Wirbel darum machst! Ich hatte unglaublich tollen Sex, wolltest du das hören? Und was hab ich jetzt davon? Jetzt bin ich noch unglücklicher, als ich es vorher war.»

«Ach Süße. Ich bin neugierig, aber ich will doch nicht, dass dich jemand verletzt. Das wollte ich nie! Weißt du, mein Angebot, dass du mit den Mädchen zu mir kommen kannst, steht noch. Habt ihr nicht sowieso Ferien nächste Woche? Luise kann Torsten auch gerne mitbringen.»

«Warum eigentlich nicht? Es sind nicht nur Ferien, ich hab auch frei. Ja, wir kommen.»

Luise freute sich riesig, Marie zuckte mit den Schultern, als sie von der Reise erfuhren.

Freitag Abend packten sie ihre Taschen und flogen los.

Linda stand bereits am Flughafen, um sie abzuholen. Sie trug einen weiten, roten Kaftan, der mit goldenen Sternen bedruckt war. Ihre langen, schwarzen Haare fielen offen bis auf ihre Hüften hinab. Die etwas fülligere Frau zog am Flughafen die ganze Aufmerksamkeit auf sich.

«Juhuuu, Määdels, hier bin ich!»; rief sie überflüssigerweise.

Sie gingen zu ihr und luden ihre Taschen auf ihre Kutsche.

Ja, Kutsche.

Linda setzte sich oben auf den Bock und trieb die Pferde an.

Sie rief: «Hey Torsten, du bist mit Luise auf einem Zimmer, ich hoffe, das ist ok für dich!»

Luise und Torsten kicherten.

Marie verdrehte genervt die Augen.

Margot schmunzelte. Warum sollte sie jetzt irgendwas verbieten, die beiden waren ja schon lange ein Paar.

Sie kamen an der großen Finca an, die blau gestrichen war.

Linda brachte die Pferde in den Stall und zeigte ihnen ihre Zimmer.

Überall im Haus standen Leinwände. Sie zeigten größtenteils Landschaften, aber es waren auch ein paar Bilder von nackten Männern dabei.

Marie errötete, als sie das Bild eines jungen Mannes sah, der wahnsinnig gut ausgestattet war.

Linda nahm sie in den Arm.

«Na, da staunst du, was? Das ist Marcel, der Sohn meiner Nachbarn. Er ist gerade mal 18 und weiß gar nicht, dass er mir Model stand. Weißt du, ich habe da ein Fernglas ...»

Maries Gesicht ähnelte nun einer Tomate.

Die anderen lachten.

«So, ich würde sagen, ihr ruht euch etwas aus und ich organisiere ein Abendessen.»

Alle gingen auf ihre Zimmer.

Die Stimmung beim Essen war gelöst. Es war angenehm warm, alle saßen in Shirts und kurzen Hosen herum und machten Blödsinn.

Irgendwann stand Marie auf.

«Ist es in Ordnung, wenn ich ein bisschen spazieren gehe?»

«Na klar, Kind, halte dich an den Strand, dann findest du auch leicht wieder zurück.»

Torsten und Luise zogen sich auf ihr Zimmer zurück.

«So, Schätzchen, jetzt sind wir unter uns», meinte Linda und öffnete eine Flasche Wein.

«Oh Mann Linda, manchmal weiß ich nicht, was ich tun soll. Soll ich Georg vielleicht noch eine Chance geben?»

Linda schüttelte vehement ihren Kopf.

«Warum denn? Georg ist ein Arschloch. Punkt.»

Margot lachte.

«Weißt du was, du hast recht. Ich glaube, ich habe Angst vor etwas Neuem. Jens war neu. Jens war mir von Anfang an total sympathisch, er sieht echt toll aus und der Sex ... nein, ich erzähle dir keine Einzelheiten!»

Beide Frauen lachten.

Linda nahm Margot in den Arm.

«Vielleicht gibt es ja einen Grund, weshalb er sich nicht gemeldet hat. Wer weiß, du denkst, er ist ein Arsch und dabei ist er ein ganz lieber Kerl!»

«Den Eindruck hat er zumindest auf mich gemacht.» Margot seufzte auf.

«Was soll's, ich kann es ja eh nicht ändern.»

Der Urlaub bei Linda verging viel zu schnell.

Marie war oft und viel spazieren, noch am gleichen Abend, als sie wieder zurückkam, wirkte sie viel entspannter. Den ganzen Urlaub über wirkte sie gelöst, ja, fast glücklich.

Als sie abreisten, hatte Marie aber wieder ihre miesepetrige Laune zurück.

Margot hatte mit Linda beschlossen, dass sie das mit Georg besser bleiben ließ. Er hatte sie sehr verletzt und würde das gewiss wieder tun. Sie wurde sich bewusst, dass sie es leid war, sich um Egoisten zu bemühen und kümmerte sich lieber um sich selbst.

Als sie montags in die Arbeit kam, stürzte ihre Chefin sich gleich auf sie.

«Margot, Schätzchen, ich brauche deine Hilfe. Kannst du diese Woche Vollzeit arbeiten? Helene ist bei ihrer Tochter. Sie ist aus dem Koma erwacht. Und ich kann diese Woche nicht jeden Nachmittag da sein so wie in der letzten Zeit.»

«Helenes Tochter lag im Koma? Oh die Arme.»

«Ja, da ist doch vor vier Wochen dieses Unglück passiert. Eine Schulklasse auf der Klassenfahrt, die mit dem Bus verunglückt ist. Es haben alle überlebt, die meisten nur leicht verletzt. Der Lehrer hat sich beide Beine gebrochen und Diana, Helenes Tochter, liegt im Koma. Oder besser lag, denn Diana ist jetzt aufgewacht!»

«Oh du meine Güte! Das ist ja unglaublich. Natürlich springe ich für Helene ein!»
Eine Klassenfahrt, ein verunglückter Bus. Sie hatte das gar nicht mitbekommen. Das muss kurz nach der Sache mit Jens gewesen sein, da konnte sie nicht wirklich klar denken.
Jens! War der nicht Lehrer?
Nein, das wäre wirklich ein zu großer Zufall, oder?

Die Liebe kennt keinen Zufall

«Mensch Margot, das musst du prüfen! Stell dir mal vor, der Lehrer ist DEIN Jens und du weißt es nicht mal!»

«Ach, und wie stellst du dir das vor? Ich fahr einfach hoch ins Klinikum und sag, ah ja, hallo, der Lehrer, der sich die Beine gebrochen hat, ist der noch hier? Heißt der Jens und ist supersexy? Ich weiß doch nicht einmal seinen Nachnamen!»

«Ja, Mensch, was hast du zu verlieren? Du kannst ihnen ja erzählen, dass du unsterblich verliebt bist und sie dich einfach zu ihm lassen sollen.»

«Nein, das mache ich nicht, was, wenn da ein ganz anderer Kerl liegt? Was soll ich denn dann sagen? Tschuldigung, falsches Zimmer oder wie?»

Margot beendete ihr Gespräch mit Linda und ging ins Bett. Sie warf sich hin und her und konnte sehr schlecht einschlafen.

Am nächsten Morgen erwachte sie wie gerädert und war fix und alle.

«Ach, was hab ich schon zu verlieren», dachte sie jetzt und zog sich an.

Sie setzte sich ins Auto und fuhr Richtung Haibach.

Nachdem sie links abgebogen war und auf den Parkplatz des Klinikums fuhr, kamen ihr erneut Zweifel.

Doch sie parkte ihr Auto und stieg aus.

Forschen Schrittes ging sie auf die Anmeldung zu.

Der Typ, der hinter dem Schalter saß, lächelte sie freundlich an.

«Ja, äh, hallo, ich, ähm. Also der Lehrer, der Unfall ...»

«Meinen Sie das Busunglück? Alle Patienten sind schon entlassen. Sogar die junge Dame, die im Koma lag.»

«Oh ok, ähm, ja danke.»

Enttäuscht ging sie wieder zum Auto.

Wenn es tatsächlich Jens gewesen ist, dann hätte er doch schreiben können, oder?

Oh Mist, ihr Profil!

Wem hätte er schreiben sollen?

Aufgeregt fuhr sie in die Aschaffenburger Innenstadt. Sie parkte ihr Auto im Parkhaus der City Galerie und machte einen Spaziergang, um den Kopf frei zu bekommen.

Sie lief und lief und stellte dann fest, dass sie an der Großmutterwiese angekommen war. Hier in der Nähe stand das Haus von Jens.

Ob sie einfach ...

Sie fand sich vor der Tür von Jens` Haus wieder.

Zaghaft drückte sie auf die Klingel.

Sie wartete und wartete. Doch niemand öffnete die Tür.

«Oh bin ich blöd», dachte sie und kehrte um.

Ein Rollstuhlfahrer kam ihr entgegen. Beide Beine waren in Gips.

Eine ältere Frau schob den Rollstuhl.

«Margot?»

«Jens!»

In dem Rollstuhl saß tatsächlich Jens. Sie ging zu ihm.

Die ältere Frau lächelte sie an.

«Das ist also deine Margot, siehst du, ich
sagte doch, ihr seht euch wieder.»
«Oh Gott, Jens, ich wusste nicht, ich meine
... du hast dich nicht mehr gemeldet und
ich dachte ... ich ... wie geht es dir?»
Er lachte und nahm ihre Hand.
«Jetzt, wo ich dich sehe, geht es mir gut.
Mein Laptop ist donnerstags kaputt
gegangen und dann war montags die
geplante Klassenfahrt. Ich dachte, ich
melde mich einfach danach bei dir doch
dann ...»
«Du musst mir nichts erklären, ich bin so
glücklich, dich zu sehen!»

Eine Woche später kam der Gips ab.

Margot half Jens bei seiner Reha und die beiden hatten noch eine tolle Zeit, in der sie sich sehr nahekamen.

Sie heirateten zwei Jahre später.